글이움

글이 움터 사랑으로 피어나다

글이움

글이 움터 사랑으로 피어나다

초판 1쇄 인쇄일 2018년 03월 27일
초판 1쇄 발행일 2018년 04월 12일

지은이 이수진
펴낸이 양옥매
디자인 송다희

펴낸곳 도서출판 책과나무
출판등록 제2012-000376
주소 서울특별시 마포구 방울내로 79 이노빌딩 302호
대표전화 02.372.1537 **팩스** 02.372.1538
이메일 booknamu2007@naver.com
홈페이지 www.booknamu.com
ISBN 979-11-5776-542-3(03810)

이 도서의 국립중앙도서관 출판시도서목록(CIP)은 서지정보유통지원 시스템
홈페이지(http://seoji.nl.go.kr)와 국가자료공동목록시스템
(http://www.nl.go.kr/kolisnet)에서 이용하실 수 있습니다.
(CIP제어번호 : CIP2018009123)

글이움

이수진 시집

: 글이 움터
  사랑으로
  피어나다

책과나무

'글이움'이 그대의 눈에

짧게 스쳐가더라도

그대의 마음이 머무는 곳 어디선가
'그리움'으로 기억되기를 바랍니다

.

.

목차

1부

까만 건 하늘,
하얀 건 글

•

이불

밤새
폭 파묻히고도

해가 뜨면
더 끌어안아
놓고 싶지 않은

겨울 아침의
그대 생각

눈 오는 날

참
많이도 온다
나는
너 하나만
오면 되는데

참
많이도 눈부시다
나는
너의 미소
하나면 되는데

밤손님

무엇을
훔치려고 왔을까?
밤새 문 앞에서 서성이다
왔다간 흔적만
지워 놓았다

하얗게 빼앗겼다
그대에게

베개 1

눈을 감고
귀를 대면
꿈속으로

눈을 감고
네 모습에
행복으로

베개 2

밤새도록
기대어도
소리없이
내어주는
눈물받이

관성의 법칙

앞만 보고

달리다

그대 앞에

멈추니

같이 가던

꽃들이

함께하던

햇살이

온통

그대에게

쏠립니다

봄날

어제보다
일찍 아침이 오고
어제보다
늦게 저녁이 오니
이젠 봄이구나 싶어

어제보다
일찍 네 생각이 나고
어제보다
늦도록 네 생각을 하니
이게 사랑이구나 싶어

이른 아침엔
커피 한 잔으로 부지런 떨고
늦은 저녁엔
노을 한 자락에 늑장 부리는
도처에 가득한 봄날이
행복이구나 싶어

몽당연필

밤하늘이
그토록 까만 건
내가 짧아졌기 때문

아침 하늘이
이토록 하얀 건
네가 작아졌기 때문

밤새
책상머리 수북하도록
내가 깎이고 네가 닳아
쓰고 지운 누군가의 그리움

춘분

춘월
춘일
춘시
춘분

봄의 알람이 울리면
별들의 시간에서
꽃들의 시간으로

그대와 나
걸어갑니다

다락방

가장
높은 방에서
가장
낮은 천장을 이고

가장
낮게 엎드려
가장
높은 별들과 잠들며

꿈은 자랐다

하루

눈뜬 김에
해야겠다

나가는 김에
해야겠다

들어오는 김에
해야겠다

잠드는 김에
해야겠다

네 생각

응징

꽃도
그 자리에
가만두고

별도
저 하늘에
가만두지만

너는
그대로
가만두지 않을 거야

이곳
내 가슴에
사랑으로 둘 거야

풍선

가슴에서
놓으면
머릿속에
떠올라

문득
그대가

별 하나

생각이 많아
잠 못 이루는
하늘은
까맣게 자욱했다

한 생각으로
잠 못 이루는
하늘엔
별 하나가 떠 있었다

잠 못 드는 밤

밤하늘이
더 까말까

감은 눈 속이
더 까말까

생각 중에
하얗게 밝아 온다

하늘도
너의 얼굴도

소금

어릴 적
밤하늘에
흩뿌려져 있던

지금은
누가 다
찍어 먹었을까

꿈

너와 나의 만남
꿈 깨

너와 나의 사랑
꿈 깨

너와 나의 행복
꿈 깨

꿈이 아닌 지금
만나고 사랑하고 행복하자

백야

밖을 보니
낮은 저리 가라

눈발이 소리 없이
밤을 지운다

안을 보니
밤은 저리 가라

생각이 소리 가득
잠을 지운다

달력

겨울부터
겨울까지

그대가
눈에서 꽃이 되고
잎이 되고 다시 눈이 되어
빛날 때까지

그대
사랑할 나날들이
선물로 옵니다

겨울밤

하얀 별도 없는
까만 밤을 가득 부어

아침에도 한 잔
낮에도 한 잔
저녁에도 한 잔
후루룩 삼켜 버리니
정작 남은 밤이 있나
말똥말똥 샐 수밖에

겨울은 긴데
정작 남은 밤이 있나
너라도 생각할 수밖에

눈길

종이 한 장
살포시 내려와
앉아요

겹겹이 내린
그 위에
당신을 적으며
걸어요

못다한 말
또박또박 적으며
걸어요

겹겹이 배긴
그 종이
바람에 흩날려요

안개

밤새 태운
그리움에
매캐해도

기침 없이
조용한
하얀 새벽

초승달

거기,

한쪽으로
실눈 뜨고
나를 훔쳐보는

당신!

한파

칼바람이 그어대니
쩍쩍
달도 얼어 금이 갈까

뚝뚝
눈물 흘리는 그대여
그 뺨 한번
차가우려니

똑똑
틀어 놓은 물소리에
차디찬 밤이 파고든다

겨울밤에

그대가
봄이면 좋겠습니다
그대가
아침이면 좋겠습니다

올 겨울이 지나면
영락없이 찾아오고
오늘 밤이 지나면
어김없이 밝아 올
봄이고
아침이면 좋겠습니다

도무지 잠들 기미 없는
겨울밤에

원고지

첫 줄은 빈 하늘로
가운데 어디쯤 해 혹은 달
첫 칸은 설렘의 심호흡

이제 시작해 볼까
무수히 박히는 까만 별들이
그대의 가슴으로 읽히며
하얗게 빛날 순간을 위해

2부

한 잎에 적은
사랑

.

자작나무

밤마다
달 껍질을 깎아
써 두었던 연서

차마 보내지 못하고
돌돌 말아 심고 심어
숲을 이룬다

바람에 튼 하얀 살 깎아
이제는 보내려 하지만
자작자작 타 버리며
당신을 기다린다는
말 한마디 재로 남긴다

함박눈

모래 위에 쓴
글씨는
밀려드는 물이
지우지만

눈 위에 쓴
글씨는
내리는 눈이
채운다

사랑을 채운다

구두

뚜벅뚜벅
또각또각

우리 만나러
가는 소리

또각또각
또각또각

그대가
떠나가는 소리

눈길

뽀득뽀득
눈을 밟으며
돌아가는
그대 뒷모습이

자박자박
눈에 밟혀
돌아오는 내내
앞을 보지 못하네

봄 생각

드문드문
그대 생각을 합니다
듬성듬성
그 자리에 꽃이 핍니다

어느새

빽빽하게
가득 찹니다
그대 생각인지 꽃인지

봄이 왔나 봅니다

짝사랑

아무도 모르게
그대 가슴에 꽃을 심어
자리 맡아요

아무도 모르게
그대 눈에 별을 담아
자리 맡아요

머지않아
그 꽃 지고
그 별 지면

꽃보다 향기롭게
별보다 빛나게
찾아갈게요

꽃과 비

꽃은
보는 그리움

비는
듣는 그리움

꽃은
향기 나는 그리움

비는
적셔지는 그리움

오늘은 꽃잎에
빗방울이 맺혀 있네요

주스

그대
아름다움에
손을 내밀다

툭

어쩌나
쏟아진
내 마음

사랑니

와도 그만
안 와도 그만인 것이
왔을 때는
보낼 수 없는 것

있어도 그만
없어도 그만인 것이
떠날 때는
너무나 아픈 것

우표

혀끝으로
살살 적셔서
손끝으로
꼭꼭 누르고
확인 도장
꾸욱 찍힌

따뜻한
마음 한 통
잘 받았나요
그대

가을볕

바람에
흔들리는
잎이 아니더라

내리쬐는 볕에
흔들리는
잎이더라

올가을
얼마나
붉어지려고

낙엽

얼굴에
떨어진 물기
비가 오려나

발등에
떨어진 잎새
추워지려나

가지마저
손 놓아
이별하는구나

가을 그림자

그림자는
무슨 물이 들어
저리 짙을까

대답인 양
마른 잎이
떨어진다

하늘은
무엇으로 헹궈 내어
저리 맑을까

대답인 양
마른 잎을
날린다

기준

11월의
어디쯤 겨울일까

밖을 봐
첫눈부터야
겨울은
지금부터야

너와 나
지금부터야

약속

첫눈 오는 날에
우리 만나자
약속했었죠

비 오는 날은
우리 그리워하자
약속했었죠

어떡하나요
오늘 첫눈이 내리는데
빗소리가 들리네요

러브레터

당신의 이름으로
시작해서
나의 이름으로
맺는

나의 손에서
출발해서
당신의 가슴에
도착하는

삼 일간의
아름다운 여행

용건

어디까지
얘기했죠?

아!
다름 아니라

그게
그러니까

저기
있잖아요

당신을
사랑해요

첫사랑

어느
세상 안에 있던
그대에게서

한
세상이 나왔다
나에게로

겨울 편지

거우
얇은 외투 하나
걸치고

딴에
바람 들까
꼭꼭 여미고
들어서서는

급기야
품고 있던
입김 어린
말을 쏟아낸다

잘 지내나요?
당신이
보고 싶어요

거울

아침저녁으로
나를 보러 오던
그 사람이

시도 때도 없이
나를 보러 옵니다

아마도
사랑에 빠졌나 봅니다

아침저녁으로
그 사람을
기다렸던 마음이

시도 때도 없이

올 때마다 아프다는 걸

그 사람은 알기나 할까요

엽서

바람도
멈칫 보고 가고
햇살도
언뜻 보고 가고
구름도
힐끗 보고 가겠다

부끄러움에
붉게 물들어 당도하겠다
한 잎에 적은
사랑

마음

몹시
사랑하여

몹쓸
상처 되어도

몹시
사랑하는

몹쓸
마음이여

3부

사랑을 담고
사람을 닮다

눈사람 1

그리움
한 움큼
굴려 굴려
다다른 곳에
당신이 서 있네요

눈사람 2

한겨울
사랑하고

저 봄 속으로
발 없이 걸어가
발 없는 꽃이 된 사람

사과나무

예쁜 모습에
쿵

환한 미소에
쿵

따스한 말 한마디에
쿵

그대를 만나고
사과나무 한 그루 자라더니
가슴에 조용할 날 없군요

겨울 버스

지금 내려요

나도 모르게
설레서
나도 모르게
따라 내려요

앞서 내린 그대는
이 겨울 어디쯤
하얀 풍경을 그리고

나
거기 머물러요

시간

시간 내줄래요?

이 한마디에
며칠을 내주고
몇 달을 내주고
몇 년을 내주었다

그리움의 세월을

사랑 1

나를
이겨 내도
너를
이기지는 않아

너에게는
져도
너를
저버리지 않아

사랑 2

한 사람을
알고
사랑을
앓다

사랑을
담고
한 사람을
닮다

사랑 3

눈이 나빠
당신밖에 못 보고

머리가 나빠
당신만 기억하고

마음마저 나빠
당신 아니면 열지 못한

이런 사랑 떠난 당신
참 나쁘다

작별

부디
행복해 줄래요?

나도
행복해 볼게요

그닥
장담은 못해요

봄바람

나 잡아 봐라

누군가
내 얼굴에
뭘 묻히고
달아난다

거기 서

바람이다
봄을 묻히고
봄에 묻힌다

원망

너무해
너무해

언제까지
그럴 건가요

줘도 줘도
모자라니

언제까지
사랑스러울 건가요

팔레트

빨강은
파랑을 사랑해서
그에게 스며들어
보라가 되려다

빨강은
파랑을 사랑하니
곁에서 저무는
노을이 된다

무렵

여름이 갈 무렵
가을을 불러 봐
가을이 오지

겨울이 갈 무렵
봄을 불러 봐
봄이 오지

상처가 아물 무렵
사랑을 불러 봐
내가 있을 테니

의심

혹시
못 봤어요?

정말
못 봤어요?

분명
여기에 두었는데

내 마음
뚝 떼어 간 건
당신 아니면
태연한 저 가을인데

담쟁이

타고난
인연이라

타고난
사랑이라

오늘도
당신에게
기대어 삽니다

달

두 손 모은
사람들의
소원을 위해
떼어 주다

어두운
밤길을 비춰 줄
빛을 위해
채워지다

애처롭게
지새우는
나를 위해
한 얼굴이 된다

괜히

괜히
당신이 좋았는데
괜히
당신을 좋아했네요

괜히
당신이 사랑스러웠는데
괜히
당신을 사랑했네요

괜히
가슴이 아팠는데
괜히
당신을 보냈네요

잃다와 잇다

손에서
놓치면
'잃다'입니다

가슴에서
놓치면
'잊다'입니다

손을 놓아
잃었지만
가슴에서 놓아
잊지는 않겠습니다
그대를

기지개

그대라는
빛이

머리에서
발끝까지
들어오게

아침에
켜는
스위치

1월

지난달이
넘어가며
남겨 둔 것

지난해가
저물면서
두고 간 것

아직
추운 겨울과
오직
따스한 당신

기다림

꽃과 나무만
비를 기다릴까요
우산도 비를
기다리지요

달과 별만
밤을 기다릴까요
가로등도 밤을
기다리지요

여기 나만
당신을 기다릴까요
커피 한 잔도 당신을
기다리지요

겨울 이별

소리에
내다보면
비더니

고요함에
내다보면
눈이더라

비같이
온
사랑이더니

눈처럼
온
이별이더라

목도리

나의

사랑을

너에게

두르니

세상

행복한

꽃묶음이

된다

속눈썹

빗방울도
또르르 구르다
떨어질 것 같은

눈송이도
포르르 앉다
녹아 사라질 것 같은

그대의 두 눈은
나를 보며 젖네요
그만 떠나간다 하며
눈물로만 젖네요

위로

상처가
그만하길 다행이야
아픔이
이만이길 다행이야

사랑을
그만하길 다행이야
인연이
이만이길 다행이야

짝사랑

하늘 속
새들의 발자국

바닷속
물고기의 눈물

수없이 내딛고
수많게 흘려도
티 안 나는 사랑

가슴속
그대 사랑

관계

해가 지니
그대가
떠오르고

달이 지니
그대가
떠오르니

해와 달과
그대는
무슨 사이인가요?

표창

빠르니
나도 모르게

날카로우니
아주 깊게

꽂히니
아픈 것이다

사랑은.

4부

어쩌다 가슴에도
물을 줄 것

사랑은

칭찬이
고래를
춤추게 한다면

사랑은
코끼리를
날게 합니다

사랑은
코끼리도
구름 위를 걷게 합니다

스티커

너를
안 좋아해

네가
안 보고 싶어

너를
사랑 안 해

그러면 그럴수록
너는 내 안에
스티커를 붙인다

입춘

얼음!

땡!

봄이
살며시 내게로 와
땡을 해 줍니다

얼마 달리지도 못하고
잡히고 맙니다
그대에게

글쎄

좀 줘 봐
뭘?

글쎄 좀 줘 봐
글쎄 뭘!

네 마음

미란다 원칙

당신

아무 말하지 않아도 돼요

누군가가

편을 들어주어도 돼요

때론 스스로의 말에

힘들어질지 몰라요

자,

꽃을 시기한 혐의로

당신을 연행합니다

꽃샘추위

봄비

톡톡
적시는 줄
알았더니

톡톡
터뜨리는구나

새순을
꽃잎을
희망을

숨바꼭질

그대 올까
꼭꼭
숨다가

그대 볼까
콩콩
졸이다가

그대 앞에
꾹꾹
참다가

그대 가도록
쿨쿨
잠들다

택시

어디까지
가세요?

가을까지
얼마나 걸리나요?

기본요금이면
됩니다

출발,
그대가 마중 나온
가을로

눈물

어쩌다
가슴에도 물을 줄 것

너무
참으려 하지 말 것

아픔이든 슬픔이든
씻기어

꽃 한 송이
새로 피도록 할 것

가을 하늘

그맘때
들녘은
봄의 것이지만

이맘때
하늘은
가을의 것이다

꽃 피던
들녘 위로
하늘이 자란다

꽃무릇

이름에 끌려서
한 번 보고

얼굴이 예뻐서
또 보고

사연이 슬퍼서
다시 보니

가을이다

기침

찬바람이
스칠 때

가슴에서
떠돌던 슬픔이
이때다 싶어
뛰쳐나오면

비워지고
쓰라린 가슴
따뜻한 차 한 잔으로
천천히 보듬어 주자

오르골

시간을 감고
눈을 감고
들어 봐

추억이
풀리는
뒷걸음에

어느 밤
내내
깊어 간다

왜냐하면

나는
아주 맑은
사람입니다

나는
누구보다 멋진
사람입니다

나는
꽤 괜찮은
사람입니다

나는
당신을 사랑하는
사람이기 때문입니다

모과

너는
입안을
가득 채우지

나는
방 안을
가득 채워

블랙커피

혼자라서
씁쓸하고

혼자라서
어둡지만

혼자일 때
가장 향기로운
너

그래서 네가 좋아

정전기

차갑고
메마른 날에
마주칠 외로움을
조심해

어느 순간
손가락을 스치다
짧디짧은
불빛에
데이거든

차갑고
메마른 날에
입을 상처를
조심해

어느 순간
가슴을 스치다
기나긴
겨울에
머물거든

행복한 찻잔

내게 담긴
차보다

나를 감싼
두 손이 더 따뜻합니다

내가 주는
사랑보다

내가 받는
사랑이 더 따뜻합니다

받아쓰기

띄어쓰기도
필요 없고
문장 부호도
필요 없는

내 마음을
네 가슴에
받아쓰기

사랑해

하나라서

여름엔
둘이서 들고 가는
작은 우산

겨울엔
둘이서 한 짝씩 끼는
벙어리장갑

사시사철
둘이서 걸어가는
좁다란 길

하나라서
행복합니다

겨울 바다

탁 트인
네가 보가 싶어

턱 하니
너에게 왔어

툭 치며
네가 하는 말

물러서
발 젖어

양과 별

이런저런 생각에
잠을 빼앗기고
백 마리 양을 세야 하는
밤에는

가슴에
담아 두었던
백 개의 별을 셉니다
새벽께 그 별들도
나와 함께 잠이 듭니다

체중계

마음을 비웠더니
마음의 부피만큼
속이 채워지네

마음을 덜었더니
마음의 무게만큼
몸이 무거워지네

웃어요 그대

힘들죠?
나로 산다는 것이
고단하죠?
나로 선다는 것이

그래도 살 만하죠
우리 함께 같은 시간
살고 있으니

그래도 설 만하죠
우리 함께 같은 공간
발 딛고 있으니

웃어요 그대
힘들고 고달픈 하루
같이 견디고
같이 웃어요

2월

2월이
왜 짧은지 아니?
1월은 눈 녹을까 아쉬워
하루 더 잡으려 하고
3월은 꽃피우기 급해
하루 더 잡으려 하니까

2월이
왜 소중한지 아니?
이리 뺏기고 저리 뺏겨도
봄보다 따스한 희망이 있는
겨울과 봄 사이의 계절이니까

배웅

달리
해 준 것도 없는데

멀리
안 나갈게

잘 가
겨울

고드름

맺힌 이슬을
떨구지 않으면
얼어

흐르는 빗물을
닦지 않으면
얼어

질끈 감아 떨구고
쓱쓱 문질러 닦아 내

봄만 기다리기엔
네 얼굴이 너무 예쁘니까

소환

그대
얼굴은 잊었지만

그때
들리던 음악

그때
스미던 향기가

그대를 부릅니다
추억이라는 이름으로

긍정

좋다고 하면
어때서
'나쁘지 않아'

좋다고 하면
어때서
'싫지 않아'

사랑한다고 하면
어때서
'......'

말해 줘요 그대
좋아한다고
사랑한다고

5부

비가 내리고
시가 내리면

•

첫눈

손톱 끝에 꽃잎이
여름내 피어나
아직 지지 않았으니
이뤄진다던 첫사랑을
만나러 갑니다

닿으면 닿는 대로
녹아 사라지니
애틋함마저 꼭 닮은
이 겨울의 첫 그리움을
맞이하러 갑니다

진눈깨비

쌓일까 적실까
주저했나 보다

쓸까 말까
망설이는 사이

거리는 젖고
가슴엔 쌓인다

비와 눈

비가 올 때는
우산을 내밀며 나서고
눈이 올 때는
손을 내밀며 나선다

기다리던 비가 안 오면
그리움이 가물고
기다리던 눈이 안 오면
추억이 가문다

올 듯 말 듯
오늘 같은 날에는
두 손 가득 추억이
내리면 좋겠다

2월의 비

눈이
눈치 없이 오려다가
난데없이 옆구리 찔리고
비로 둔갑한다

와중에
시침 뚝 떼고
봄비를 사칭해도
모른 척 눈을 감는다

눈을 감으니
귀에 감겨 오는 빗소리가
이미 봄이다

봄

가을은 왔고
겨울도 왔지만

봄에게는
내가 갑니다
그대에게는
내가 갑니다

두 팔 벌려
준비하고 있어요
봄, 그대

감기약

털어 넣고
털어 낸다

꽃을 시샘하는
추위처럼
봄을 시기하는
아픔을 털어 낸다

몸에서
봄으로
떨쳐 낸다

벗꽃

흐드러지게
핀 너를 얼마나
사랑하였기에

으스러지게
끌어안았을까
저 바람은

당신이 그리운 날은

강물이 흘러
바다로 갈 때
눈물은 흘러
바람으로 간다

바다가 어서 오라
강물을 품을 때
바람은 닦아 주마
눈물을 품는다

내 뺨에
바람이 닿는다
당신이 그리운 날은

마냥

비가 와서
누군가 그리운 줄
알았는데

누군가를
그리워하다 보니
비가 오는 거네요

창문을 두드리네요
그 누군가가
당신이라면서

먼지

장마가 걷히고
볕이 좋은 날

풀썩이며
이불을 턴다

그리움이
풀풀 날아간다

오늘따라

오늘따라
햇살이 살갑다

오늘따라
별이 별스럽다

오늘따라
그대가 그립다

그대 따라
가을로 간다

5월

거저
피는 꽃이 있을까

거저
오는 봄이 있을까

그저
꽃은 예뻤고

그저
봄은 따뜻했다

가을의 문법

여름엔
잎,
가을엔
떨어지다

여름엔
사랑,
가을엔
사랑하다

명사에서
동사로
가을엔
사랑하다

풍경 1

나를
스치며
네가
떠나는 게 아냐

너를
스치며
내가
떠나는 거야

여름을
스치며
가을로
떠나는 거야

풍경 2

저만치
멀어야
나타나고

이만치
가까우면
사라지는

한 폭의
풍경 같은
그대

가을 단상

덜컥
가을이
들어앉으니

벌컥
빈 하늘이
들이켜지고

울컥
쏟아지는
그리움

그림자

네가
있는 곳이면
어디든

하지만
너를
볼 수 없는

태양을
사랑해서
슬픈.

겨울 오후

잠시
읽던 책을
뒤집어 놓은 사이

잠시
커피잔을
채우러 간 사이

잠시
열린 창문을
닫으려는 사이

하얀 글씨가
종이에 떨어집니다
가으내 보냈던
안부의 답장인가 봅니다

눈

보고 싶다는
생각은
머리에서 나오고

그립다는
마음은
가슴에서 나오니

머리에서 내려와
켜켜이 가슴속에
쌓인다

겨울 우산

꼭꼭 닫은
창문 밖의 비는
나의 비가 아니지

꼭꼭 여몄던
우산을 펼쳐 들고
나의 비를 만나야지

똑똑 노크하며
떨고 있는
나의 비를 맞이해야지

타고 내릴 잎도 없이
외로워할
나의 겨울비를 위해

겨울 연인

나의 주머니가
나의 손을 감싸다

나의 손이
그대의 뺨을 감싸면

또다시
그대의 손은
나의 손을 감싸고

나의 주머니는
이내 우리의 손을
감쌉니다

폭설

눈을
앞을 멀게 하더니

눈은
푹푹 빠지게 하더니

눈은
길마저 잃게 하더니

눈은
하염없이 기다리라 한다

눈이
깊던 그대처럼

눈꽃

하늘꽃은
겨울이면
가지 위로 진다네

봄이 되면
비로소 바람에 흩날리다
손에 담기는 꽃이 되려고.

하늘꽃은
겨울이면
들녘으로 진다네

봄이 되면
비로소 나비를 기다리는
향기 가진 꽃이 되려고.

비와 시

비 오는 소리가
들리면
귀를 기울이고
시 오는 소리가
들리면
마음을 기울여요

비가 내리면
우산을 펼치고
시가 내리면
두 손을 내밀어요

내리는 비는
우산에게 맡기고
내리는 시는
그대에게 맡겨요

짓다

글을 지어
활짝 열어 놓고

글을 지어
소복하게 담고

글을 지어
반듯하게 걸어 놓으니

그대가
반갑게 들어와
맛있게 먹고
예쁘게 입는군요

그대가

미소 지어

행복하군요